上园随笔

（第五辑）

承向军 著

北京交通大学出版社

·北京·

内 容 简 介

本书由两部分组成：第一部分，因为爱，以散文诗为主；第二部分，心景，散文。本书主要描写自然风光、游历见闻、切身感受，以及记录值得纪念的重要事件等。本书不仅抒发作者对大自然的亲近和热爱之情，更有朋友间的友情、家人间的亲情，还有对中国文化和宇宙奇观的崇敬之情，以及生活中体会到的喜悦之情。

图书在版编目（CIP）数据

上园随笔. 第五辑 / 承向军著. —北京：北京交通大学出版社，2022.7

ISBN 978-7-5121-4756-0

Ⅰ．① 上… Ⅱ．① 承… Ⅲ．① 中国文学–当代文学–作品综合集 Ⅳ．① I217.2

中国版本图书馆 CIP 数据核字（2022）第 120175 号

上园随笔（第五辑）
SHANGYUAN SUIBI (DI-WU JI)

责任编辑：严慧明
出版发行：北京交通大学出版社 电话：010-51686414 http://www.bjtup.com.cn
地　　址：北京市海淀区高粱桥斜街 44 号　　邮编：100044
印 刷 者：艺堂印刷（天津）有限公司
经　　销：全国新华书店
开　　本：148 mm×210 mm　印张：5.125　字数：82 千字
版 印 次：2022 年 7 月第 1 版　2022 年 7 月第 1 次印刷
定　　价：39.90 元

本书如有质量问题，请向北京交通大学出版社质监组反映。
投诉电话：010-51686043，51686008；E-mail：press@bjtu.edu.cn。

作者简介

姓，承；名，向军；字，远；号，上园村民、群山云海；英文名，Mike Galaxy。

男，1968 年生于北京，祖籍江苏省常州市武进县（今武进区）焦溪镇，汉族，博士。1991 年获北京交通大学交通运输管理专业学士学位；1994 年获北京交通大学系统工程专业硕士学位；2005 年获北京交通大学交通运输规划与管理专业工学博士学位。2005 年 7 月在北京交通大学任教至今。

1994 年完成硕士论文《交通经济带投资综合经济效益研究——兼论交通与经济协同发展模式》。2005 年完成博士论文《基于多智能体的分布式交通信号协调控制研究》。主编的大学本科生教材《城市交通概论》于 2016 年由北京交通大学出版社出版发行。编著的《交通仿真软件应用》于 2018 年由北京交通大学出版社出版发行。所著《上园随笔》（第一辑、第二辑、第三辑、第四辑）分别于 2015 年、2016 年、2017 年和 2019 年由北京交通大学出版社出版发行。

目录

001

因为爱

003	百年交通
004	育人拓路，弘理兴国
007	交大学子
008	山高水远
010	心随风动（之一）
012	心随风动（之二）
014	春花
017	夏溪
020	秋叶
022	冬雪
025	山

027	水
031	跨越时空
034	蓝天白云
036	晚霞
038	远山的雨
040	沙漠中的绿洲
042	土星的圆环
044	神奇的月亮
046	燃烧的太阳
048	绚丽的超新星
050	宏村

052	西塘	079	孩子
054	放声歌唱	081	儿童乐园
056	沙巴的萤火虫	085	奥森公园
058	哈当厄尔的清晨	090	心中之景
060	西双版纳	094	祝寿
063	天边的彩虹	096	行云流水
065	因为爱	099	晴宇长空
069	地平线的风景	101	永遇乐·雪道
071	盛开的花	102	塞北
074	喜悦	103	江南
077	水调歌头·夺冠	104	风景画
078	沁园春·絮	107	场

125

109	波
111	π
113	分形
115	洛伦茨吸引子
117	楷书
119	行书
120	隶书
121	草书
122	小篆
123	甲骨文
124	猎户座

心景

127	颐和园的日出
130	水晶婚
139	十年
144	快乐乒乓
151	左手和右手

因为爱

百年交通

——为北京交通大学交通运输专业
成立 110 周年而作

京秋红叶盛，
赤子早读声。
挚爱兴国运，
知行拓道通。

2019 年 4 月 24 日

北京，上园村

育人拓路，弘理兴国[①]

——贺北京交通大学交通运输专业成立 110 周年

百年交通，系命脉弘国运。

一九零九，反帝保路立校；

铁路管理，传习所学所悟[②]。

郑振铎[③]，亲历五四创文化；

金士宣[④]，著书立说育桃李。

交通大学，荣得主席亲题[⑤]；

铁水公航[⑥]，造栋梁通四方。

学子情，红果园里悟真知[⑦]；

赤子心，五湖四海践笃行[⑦]。

玉兰花开，交大甫迎新春；

红叶茂盛，运输再创辉煌！

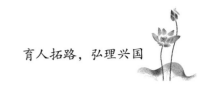

注：

① 全文共 110 个字，赞贺交通运输专业走过的 110 年历程。

② 北京交通大学的前身北京铁路管理传习所于 1909 年 5 月在北京创立，1910 年改名为交通传习所，1917 年分成北京铁路管理学校和北京邮电学校两所学校。1921 年 7 月更名为交通大学北京学校。1923 年 3 月更名为北京交通大学。1950 年 8 月更名为北方交通大学。2003 年恢复使用"北京交通大学"校名。

③ 郑振铎（1898—1958），北京交通大学 1920 届毕业生，在北京铁路管理学校时期在校就读 4 年，获得大学学历。曾担任清华大学和燕京大学的文学教授。1919 年参加五四运动并开始发表作品。1932 年，所著《插图本中国文学史》出版。曾任全国文联福利部部长、全国文协研究部部长、文化部副部长等职。

④ 金士宣（1900—1992），1919—1923 年就读于北京铁路管理学校（1921 年更名为交通大学北京学校），1923 年在校期间，完成了他的第一本专著《铁路运输学》，并由北京京报馆出版。他是我国著名铁路运输专家，中国铁路运输学科的创建者和奠基人，构建了我国运输管理学科的

完整体系，曾担任北京交通大学副校长。

⑤ 1951 年 1 月 1 日，中央政府举行元旦团拜会，茅以升校长请毛主席为北方交通大学题写校名。同年 4 月 24 日，校部收到铁道部转来毛主席题写的"北方交通大学"校名手迹。

⑥ 北京交通大学交通运输学院目前的专业方向涵盖铁路运输、水路运输、公路运输和航空运输等。

⑦ 北京交通大学的校训是"知行"。

2019 年 5 月 1 日

北京，上园村

参考文献：

[1] 郑尔康. 郑振铎. 北京交通大学出版社，2008.

[2] 承仁义. 学海飞鹏. 中国铁道出版社，1988.

[3] 承仁义. 金士宣. 北京交通大学出版社，2016.

交大学子

——为北京交通大学运输 87 级 1 班
毕业 30 周年而作

玉兰生春彩，
黄叶唤浓情。
依依别母校，
眷眷践知行。

2021 年 3 月 28 日
北京，上园村

山高水远

平心致远，宽善乐学；夏云奇岭，春水润泽。

心诚若神，即事如懿；繁花妙境，峻岭奇观。

汉碑唐刻，群石醴泉；海蕴万象，书藏千秋。

诗书传世，自然为师；燕翔鹤舞，鹿奔马驰。

琴声清越，远志微扬；超然自在，素心静观。

太白诗句，东坡辞章；林翠叶茂，河长景殊。

尊理重道，静心清神；繁星朗月，夏雨春风。

南湖北岭，唐诗宋词；枝叶茂盛，生机盎然。

秦风楚韵，塞北江南；崇山峻岭，大江长河。

天造地设，斗转星移；寒来暑往，瑞雪晨晖。

微风徐动，气淑年和；广林远海，晴宇长空。

万象有道，四时存形；快意畅览，随心遨游。

珠壁交映，照灼云霞；高山阔宇，皓野晴空。

群山云海，广野高原；清溪明月，寒雪暖虹。

千年佳句，百家直言；山高水远，宇阔星繁。

汉唐气象，九州长风；东南西北，春夏秋冬。

2020 年 9 月 29 日

北京，上园村

心随风动（之一）

云，
如水一样流动；
天，
像海一般湛蓝。

一抹新绿，
在伸展的细枝上轻舞；
几朵小花，
伫立枝头，
仰望蓝天白云。

蔚蓝的天，
辽阔的海，
散落在海面上的五颜六色的船帆，

仿佛彩蝶在草原上飞舞。

流动的云，

高耸的山，

山峰间起伏的云海，

翻涌着浓白的雾气，

如梦幻般壮观。

炊烟，

缓缓飘散，

在山间的密林上空，

留下淡淡的曲线，

犹如仙人的足迹。

2020 年 3 月 20 日

北京，上园村

心随风动（之二）

轻雾，

漂浮湖面。

仿佛薄纱笼罩，

当初生的阳光涌来，

仿佛劲风吹袭，

漫舞的水汽，

眨眼之间，

无影无踪。

溪水，

缓缓流淌。

仿佛低声歌唱，

伴随着跳跃的浪花，

仿佛林间流动的乐曲，

错落有致的音符，

欢快地舞动，

悦耳动听。

雪花，

自由飘落。

仿佛仙女下凡，

让人间充满童话色彩，

空气仿佛凝结成晶体，

万物没有了差别，

一切都是，

洁白如玉。

2020 年 3 月 30 日

北京，上园村

春花

春天的身影，

五彩缤纷。

白玉般的花瓣，

傲然伫立枝头；

嫩黄的花朵，

成串地爬满弯弯的枝条；

粉红如云的花簇，

将树枝装扮得像个花篮。

春天的气息，

淡雅芬芳。

温馨的清香，

沁人心脾，

宛若来自远方的思念；

柔和的香味，

令人陶醉，

犹如亲情般温暖；

新颖的异香，

陌生却奇妙，

仿佛闪烁的星光般神秘。

春天的心情，

愉悦欢畅。

那姹紫嫣红的花海，

宛若一场交响乐，

多姿的形态，

犹如各种乐器；

多彩的色调，

仿佛奏出的音符；

那彩蝶翻飞的花丛，

宛若一场盛大的联欢会，

人们身着五光十色的盛装，

在乐曲声中翩翩起舞；

那无处不在的花朵，

犹如春天的使者，
带来了周而复始的信息，
发出了万物复苏的信号，
用她那千变万化的彩旗，
昭示天下——
春天来了！

2020 年 4 月 28 日

北京，上园村

夏溪

林间的溪水，

淙淙流淌，

间或跃起形态各异的浪花。

沿途可闻悦耳的水声，

仿佛一群追逐游戏的孩童，

快乐地欢笑着，

蹦蹦跳跳地前行。

岸边的高大树木，

将水流遮挡，

只有穿过树梢的点点阳光，

照耀在水面上，

反射出钻石般的光芒。

上园

随笔（第五辑）

一只蜻蜓，

在水边飞舞。

一会悬停半空，

仿佛时间静止了；

一会驻足草端，

犹如特技表演；

一会疾驰飞翔，

好似离弦之箭。

山谷的溪流，

跌宕奔腾，

由高而下，

势不可挡。

遇巨石则浪花飞溅，

仿佛烟花绽放；

过深洼则汇聚成潭，

又如镜面般平静。

陡峭处，

夏溪

飞流直下，

如瀑布般洒落；

平缓处，

清波平流，

又似闲庭信步。

有巨石纵横，

仿佛兵家布阵，

水流或从石上漫石而过，

或从石间穿石而行；

有碎石浅滩，

水清见底，

鱼儿畅游。

两岸山势高低起伏，

沿途植被郁郁葱葱，

仿佛都在欣赏着眼前千姿百态的水流。

2020 年 4 月 29 日

北京，上园村

秋叶

秋日的银杏树，

将明黄的油菜花，

黄灿灿的迎春花，

橙色的郁金香，

混合在一起，

制成微型的扇状，

装饰在枝头，

仿佛是一棵瑰丽的花树。

深秋的枫叶，

由碧绿变身金黄，

由金黄变成棕色，

由棕色变为鲜红，

犹如将五角形叶片放入万花筒，

随意变换着迷人的色彩。

亮红色的叶片，

仿佛将整棵树点燃，

好似一支燃烧的巨型火炬。

秋天的树林，

充满迷幻的颜色，

往日统一的绿色着装，

忽然幻化出五颜六色——

翡翠的绿，

小麦的黄，

铁矿的褐，

晚霞的红。

构成一个绚丽多彩的立体图景，

犹如一幅色调丰富的印象派油画。

2020 年 4 月 30 日

北京，上园村

冬雪

雪花，

水晶般，

漫天飘落。

视野，

花雨状，

浩浩茫茫。

天地，

热恋般，

飘羽相连。

森林，

冰雕状，

银装素裹。

山峦，
云朵般，
起伏连绵。

湖面，
明镜状，
平坦舒展。

空气，
仙境般，
清新凉爽。

世界，
熟睡状，
悄然无声。

上园

随笔（第五辑）

心情，

赤子般，

纯净欣然。

2020 年 5 月 6 日

北京，上园村

山

山——
巍峨。
高耸处，
白雪皑皑。

山——
壮丽。
群峰间，
苍翠起伏。

山——
稳健。
狂风时，
岿然不动。

山——
恢弘。
连绵状，
雄展千里。

山——
持久。
百万年，
崛起珠穆朗玛。

2020 年 5 月 9 日

北京，上园村

水

水——

来自遥远的宇宙，

搭乘着穿梭于太空的彗星，

降临远古的地球。

水——

来自地球的内部，

被炙热的地核烘烤，

化为蒸汽，

化身云朵，

洒向地面。

水——

冷却了干热的岩石，

上园

随笔（第五辑）

汇成千万条纵横的河流，
聚成深远辽阔的海洋，
造就了一个蔚蓝色的星球。

水——
渗入裂缝，
流进沟壑，
滋润了万物。

水——
溶解微粒，
融合物质，
孕育生命。

水——
涓涓流淌，
滋养着每一株小草，
培育着每一棵大树。

水——
滔滔奔腾，
雕刻着每一座山谷，
泼洒出每一处瀑布。

水——
奔流不息，
承载着千万艘航船，
浇灌着千万顷良田。

水——
无处不在，
变化万千。
有时，
宛若蛟龙，
在地面游走；
有时，
变身云雾，
在天空飞腾；
有时，

化作水晶般的身姿，
躺下休息。

水——
在深山，
在草原，
在地下，
在高空。
空气中有水的身影，
土壤里有水的踪迹。

水——
永远和我们在一起。

2020 年 5 月 9 日

北京，上园村

跨越时空

星光——

穿越浩瀚的宇宙，

映入我们的眼帘，

展示出遥远的星球，

亿万年前的变迁。

基因——

生命的密码，

记录着演化的轨迹，

蕴藏着千万年的时间隧道中，

鲜活的记忆。

史书——

浓缩的历史，

上园

随笔（第五辑）

千百年的故事汇聚在一起，
重新展现在我们面前，
仿佛一切正在进行。

回忆——
生活的画面并未远去，
曾经发生，
却一直铭记，
一经触发，
就会如电影般再现。

电话——
来自远方的声音，
回响在耳畔，
真实的情感，
流淌进心田。

微信——
无论何时，
无论何地，

都仿佛在身边；

一行文字，

一张照片，

一段视频，

如同在眼前。

梦想——

诞生于过去，

发生在未来，

陪我们一道成长，

伴我们一起进步，

和我们一同飞翔。

2020 年 5 月 10 日

北京，上园村

蓝天白云

天——
高远，
蔚蓝色，
辽阔无边。

云——
朵朵，
亮白色，
千姿百态。

树——
挺拔，
碧绿色，
枝繁叶茂。

风——
轻吹，

徐徐状，
拂动叶梢。

光——
明媚，
灿烂状，
照耀四方。

气——
清新，
泉水般，
沁润身心。

心——
恬静，
婴儿般，
愉快舒畅。

2020 年 5 月 12 日
北京，上园村

晚霞

海面——
风平浪静；
霞光——
映红水面。

天边——
彩云丽艳；
云霞——
金光璀璨。

椰树——
枝叶婆娑；
海浪——
轻拍岸岩。

海风——
迎面拂来；
气息——
温暖柔和。

视野——
通达开阔；
心情——
平静祥和。

2020 年 5 月 12 日
北京，上园村

远山的雨

远山——
层峦叠嶂，
连绵起伏。

天边——
乌云密布，
雷声隐约可闻。

忽然——
一道闪电，
划破天际，
将天地相连，
乌云与山峦间，
刹那明亮一片。

云层——
洒下雨水，
飘荡着无数雨线，
将天地连通。

群山——
笼罩在白雾之中，
依然起伏连绵，
却平添几分朦胧。

2020 年 5 月 14 日
北京，上园村

沙漠中的绿洲

沙粒，

细小而棱角分明；

沙丘，

柔软而起伏连绵；

沙漠，

荒凉而干燥酷热。

黄沙漫漫，

一望无际。

热浪滚滚，

骄阳似火。

在荒漠的深处，

在沙海的中间，
却有一片绿洲：
绿树成荫，
青草依依；
一潭清水，
波光粼粼。

树荫下，
凉风习习；
青草间，
彩蝶翩翩；
池水里，
鱼游款款。

沙漠中的绿洲，
永远的向往。

2020 年 5 月 19 日
北京，上园村

土星的圆环

土星，

仿佛戴着一顶草帽，

让淡黄色的土星，

拥有一个宽大的圆环。

又像是一张唱片，

套在土星上，

清晰的纹路，

展示着圆环精细的结构，

犹如刻录着美妙的音乐，

不停地在旋转，

向太空播放动听的乐曲。

又仿佛是一个运动场，

宽窄不一的跑道，

环绕着土星，

跑道上的冰粒和石块，

一刻不停地飞奔，

犹如在参加一场没有终点的马拉松。

2020 年 5 月 14 日

北京，上园村

上园

随笔（第五辑）

神奇的月亮

一次意外的冲撞，
让月亮从地球出走，
她渐行渐远，
却依依不舍，
一直环绕在地球周围。

冷静后的地球，
不再狂躁，
不再动摇，
沿着崭新的路径，
留下了稳定的轨迹。

仰望星空，
明镜般的圆月，

唤起人们永远的思念；

盈缺变化的明月，

激发着人们无限的浪漫。

月亮有时出现在白昼，

用身体遮挡住太阳炙热的光芒，

让地球乘凉。

人们从地球望向太空，

阳光照射出月亮美丽的轮廓，

还是她出走时的模样。

2020 年 5 月 13 日

北京，上园村

燃烧的太阳

尘埃，
在空间汇集。

气体，
凝聚得更加紧密。

引力，
像一只无形的手，
将众多物质拉到一起。

终于有一天，
聚集了足够多的物质，
壮大到足够大的质量。

尘埃不再默默无闻，
气体不再四散逃逸，
凝聚的力量战胜一切，
聚变释放出光和热。

从此，
太空中多了一个火球。
一个燃烧自己，
照耀四方的天体；
一个充满热量，
温暖星际的恒星；
一个率领众多行星，
遨游宇宙的太阳。

2020 年 5 月 14 日
北京，上园村

上园

绚丽的超新星

在意想不到的瞬间，
在突破临界点的时刻；
在不为人知的地方，
在浩瀚宇宙的中间；
积累的能量终于爆发，
向太空喷射，
向四周扩散。

仿佛引爆七彩的礼花，
绽放出璀璨的闪光；
仿佛施展炫酷的魔法，
迸发出斑斓的光焰。

广袤的天宇充满光亮，

无边的太空弥漫色彩；
遥远的星际也能目睹她的光彩，
漫长的岁月都有她艳丽的容颜。

她将全新的物质洒向宇宙，
她将瑰丽的画面永留空间。

2020 年 5 月 19 日

北京，上园村

宏村

白墙灰瓦，
绿村人家。

蓝天碧水，
石桥荷花。

那白墙上的方窗，
仿佛是悬挂展厅的画框，
推开窗户，
窗外的风景，
如同一幅幅的画作。

那水塘边的拱桥，
仿佛连接着现实和幻境，

迈过桥面，

可以从喧嚣走进恬静，

畅游梦里的世外桃源。

村外的青山，

有白云相伴；

盛开的荷花，

与荷叶交谈。

村内的石路，

幽长蜿蜒；

茂盛的树木，

枝叶伸展。

那一池清水，

映出天上的云朵；

那一片民居，

蕴藏着人间欢颜。

2020 年 5 月 18 日

北京，上园村

西塘

一条河，

不宽不窄。

带蓬的木船，

三三两两，

不快不慢地前行。

两岸房舍，

鳞次栉比。

屋前挂着红灯笼，

犹如硕大的糖葫芦。

一座桥，

横跨河面，

弯弯拱起，

和水中的倒影浑然一体，

犹如一轮圆月镶嵌在巨石中。

两岸绿树，

从房屋的缝隙里，

探出头来，

或郁郁葱葱，

或枝条垂下。

一弯新月，

高悬夜空，

犹如天上的眼睛，

凝望着沿岸透出灯光的窗棂，

欣赏着红灯笼在水中的倒影。

2020 年 5 月 18 日

北京，上园村

放声歌唱

希望站在雪域高原，
唱一首《青藏高原》，
让歌声直达云霄，
令旋律传遍四方。

希望站在高山之巅，
唱一首山的赞歌，
让歌声回响于群山，
令旋律飞翔在林间。

希望站在寂静的湖畔，
唱一首水的咏叹调，
让歌声打破四周的沉寂，
令旋律回荡在湖面。

希望站在江河的源头，

唱一首《长江之歌》，

让歌声顺流而下，

令旋律同江水一起奔腾。

2020 年 5 月 19 日

北京，上园村

沙巴的萤火虫

夜晚，

河道两侧，

高大茂盛的树上，

闪烁着无数的亮点。

仿佛节日装饰的彩灯，

一闪一闪，

洋溢着欢乐的气氛。

仿佛万家灯火，

忽明忽暗，

一派人间的繁荣景象。

仿佛天上的繁星，

一亮一亮，
充满神秘的色彩。

忽然，
一群闪光，
飞向游船，
在我们周围盘旋。

那蓝中带黄的亮光，
微弱而晶莹；
那些空中飞翔的光点，
犹如顽皮的精灵，
互相追逐嬉戏；
那自由舞动的萤火，
是大自然赠送给我们的礼物。

2020 年 5 月 22 日
北京，上园村

哈当厄尔的清晨

天空，

层云密布；

细雨，

时下时停。

远山，

青黛碧绿；

山腰，

浮云缭绕。

峡湾，

平静开阔；

雨滴，

洒落水面。

码头，

一艘渡船；

近旁，

多艘游艇。

房舍，

散布山坡；

草地，

翠绿满山。

眼前，

一艘游轮，

缓缓驶来，

仿佛在如镜的水面上，

滑行。

2020 年 5 月 22 日

北京，上园村

上园

随笔（第五辑）

西双版纳

阳光，

永远那么明媚，

照耀着每个角落，

小草都在反射阳光，

站在草地上，

周围充满亮光。

天空，

永远蓝天白云，

午后一场阵雨，

仿佛是天公为花草浇水，

短暂而充沛的雨水，

让万物湿润，

天上又是白云朵朵，

蓝天如洗。

花朵，

永远鲜艳怒放，

那五彩缤纷的花卉，

绽放在园林，

盛开在庭院，

让人目不暇接。

植物，

永远郁郁葱葱，

无论是高大的棕榈，

还是阔叶的芭蕉，

更有许多叫不出名的热带植物，

永远都是一片翠绿。

人们，

永远热情洋溢，

上园

随笔（第五辑）

无论是载歌载舞的人群，
还是欢声笑语的孩子们，
天天都是喜迎八方来宾。

2020 年 5 月 26 日

北京，上园村

天边的彩虹

一场雨，

不期而遇，

将空气洗涤，

让暑热全散去，

一道彩虹连天地。

赤橙黄绿青蓝紫，

彩练当空，

仿佛天然的彩绘，

随意在天地间，

喷涂出七彩的弧线。

当阳光穿透水汽，

当光波任性地偏离，

上园

随笔（第五辑）

雨后的天际，

变幻出绚丽的痕迹，

仿佛是精灵们游戏的滑梯。

2020 年 6 月 1 日

北京，上园村

因为爱

因为爱，
生活变了模样，
日常的琐碎小事，
仿佛散落的花瓣，
精巧而美丽。

因为爱，
你瞬间的身影，
犹如我的梦中情人，
婀娜而迷人。

因为爱，
一首歌，
唤起我无限的遐想，

上园

随笔（第五辑）

仿佛在大学时代，
我们已经相恋，
让美好的时光，
尽情地延长。

因为爱，
你的喜怒哀乐，
犹如变幻的天气，
神秘而动人。

因为爱，
不经意的一句话语，
仿佛一股泉水，
流淌进心田，
清爽而甘甜。

因为爱，
共同的经历，
镌刻为无数珍贵的回忆，
宛若繁星装点的夜空，

好似灯火照亮城镇的夜晚，
又如高铁沿线的风景，
让或许乏味的路途，
有趣而亮丽。

因为爱，
你的每一件心事，
我愿倾听，
仿佛洞悉了人间的秘密，
惊喜而满足。

因为爱，
我的每一点进步，
愿与你分享，
犹如向世界展示辉煌的成果，
快乐而得意。

因为爱，
共同面对的每一次困难，
仿佛驾船航行在大海上，

上园

随笔（第五辑）

一人掌舵，

一人扬帆，

迎接风浪的考验，

欣赏雨后的彩虹，

幸福而喜悦。

因为爱，

人生不再孤单；

因为爱，

有了力量的源泉；

因为爱，

生活充满无限可能；

因为爱，

自由的心灵腾空而起；

因为爱，

世界为之改变。

2021 年 5 月 3 日

北京，上园村

这首诗是送给妻子的生日礼物

地平线的风景

那地平线的风景：

一片天，

一湖水，

一塘草。

那地平线的风景：

几朵云，

几只鸟，

几条船。

那地平线的风景：

一阵风，

一波水，

一声鸣。

上园

随笔（第五辑）

那地平线的风景：

艳阳照，

芦苇摇，

碧波荡。

那地平线的风景：

夏日暖，

绿叶新，

丽花香。

那地平线的风景：

在天边，

在眼前，

在心田。

2021 年 5 月 29 日

北京，上园村

盛开的花

也许是天上的神仙，

无意间打翻了颜料，

洒向人间，

渲染出五彩的花朵。

那艳丽的花瓣，

自由地组合着色块，

赤橙粉蓝紫，

浓烈如八月，

秀雅似春风，

匀称若天成。

也许是地上的精灵，

随意施展了魔法，

让平淡无奇的植物，

上园

随笔（第五辑）

忽然间迸发出炫彩。

那缤纷的花蕊，

如缩微的麦穗，

似袖珍的绒球，

像纤细的嫩芽，

仪态万千，

令人爱怜。

也许是另一个纬度的生灵，

穿越时空，

留下了奇幻的足迹，

碰撞出异彩纷呈的图案。

那五颜六色的花簇，

醒目奇艳，

淡紫如霞，

亮红似火，

浓白若云。

也许是内心的涟漪，

折射出丰富的色调，

原本简单的光线，
发散成七彩的鲜花，
开满世间各地。
那绚丽的花朵，
仿佛心境的投影，
永不重复的造型，
永无雷同的彩影，
随心而动的花境。

2021 年 5 月 30 日
北京，上园村

喜悦

仿佛一股泉水从心底升腾，

温暖而柔和，

缓缓却清晰地漫延全身，

犹如干旱的土壤，

迎来了清水，

舒展而润泽。

那持续不断的温泉，

将活力带进每个细胞，

那清澈透明的水滴，

将欢快的节奏送到神经末梢，

如同处于超导的状态。

仿佛一股阳光照进云层，

瞬间充满色彩，

所有与火红相近的颜色，

围绕在满天的云霞周边，

犹如焰火表演，

紫红的背景，

橙红的云朵，

粉红的天际，

如同身处梦幻的世界。

仿佛一夜之间开满鲜花，

满眼的五彩缤纷，

弥漫着清新花香，

犹如天上的繁星散落人间，

好似万家灯火布满花园。

迷人的色彩组成各种图案，

优雅、绚丽、浓烈，

千姿百态，

目不暇接，

流连忘返。

仿佛一阵风吹来，

带着清香和新奇，

吹拂着周围的一切，

犹如飞翔在半空，

深吸一口气，

清新的气息涌入全身，

渗入每个毛孔，

浑身都散发出清爽的味道，

仿佛已成为风的一部分，

让她带着你遨游寰宇。

2021 年 5 月 31 日

北京，上园村

水调歌头·夺冠

——交通运输学院代表队勇夺 2021 年
"经管学院"杯北京交通大学教职工乒乓球
混合团体赛冠军有感

　　小小银球旋，握拍阔台边。球室总有人聚，挥汗三伏天。削球飘然若羽，快攻急如闪电，弯月飞弧圈。海纳四方客，运输设备馆。

　　进赛场，人声沸，忙争先。八强鏖战，惊险逆转理学院。男单女单奏凯，压阵男双稳健，勇闯校机关。混双胜经管，运输终夺冠。

2021 年 6 月 1 日

北京，上园村

沁园春·絮

如丝如织，似雪似花，轻盈飞舞。曾离别枝头，随风跃动；路途漫漫，去往何处？风起风停，云飘云驻，阔天飞扬絮满目。看万物，依然若相识，微浸薄雾。

风云变幻无常，闻雷鸣，水汽蕴高处。春雨润大地，恩泽广布；飞花飘羽，重踏归途。丝中有籽，籽内藏魂，终在故乡遇泥土。待他日，生根发芽时，穿透云雾。

2021 年 6 月 1 日

北京，上园村

孩子

如果你是我的孩子，
我会对你说：
你来到这个世界，
是因为父母的爱。

我们对你只有一个愿望：
希望你能体会到人间的爱。
如果你问什么是爱？
这很难回答，
因为爱既简单又复杂。

如果你的内心有一点爱：
你会对世界充满好奇，
你会渴望了解这个世界，

你会开始探索世间万物。

如果你的内心有一些爱：
你会努力提升自己的能力，
你会力争别人的尊重，
你会愿意同他人合作。

如果你的内心有很多爱：
你会勇于改正自身的缺点，
你会敢于迎接挑战，
你会愿意和别人分享。

如果你的内心充满了爱：
你会乐于帮助他人，
你会满怀喜悦地做每一件事，
你会感谢你的父母将你带到人世间，
你会对自己的孩子说这一番话。

2021 年 6 月 1 日

北京，上园村

儿童乐园

曾几何时，

一片野草，

就是一个乐园。

一跃而起的蚱蜢，

扇动着彩色的薄翅，

仿佛一面旗帜，

引领着儿童的目光，

吸引着追逐者的脚步。

曾几何时，

一只变幻的蝉，

就是一道风景。

上园

随笔（第五辑）

在地下的洞穴隐居，

却身披铠甲而出，

攀附在细枝上，

从甲胄中探出淡绿的身体，

展开嫩黄的新翅，

迎风蜕变成一只蝉，

薄纱般伸展的双翅，

乌黑的全身，

闪着金属般的光泽。

曾几何时，

一只草丛里的螳螂，

足以欢度整天的时光。

时刻高举的双臂，

仿佛一对折叠的带齿镰刀，

犹如家园的守护者。

细细的腰，

连接着三角形的头，

硕大的身体披着折叠的大翅膀，

周身的绿色，

与草丛浑然一体。

曾几何时，

那满天飞舞的蜻蜓，

就是快乐夏天的主旋律。

火红色的蜻蜓，

犹如天边的云霞，

鲜艳而醒目；

金黄的蜻蜓，

犹如飞翔的黄绸缎，

活泼而耀眼；

湛蓝色的蜻蜓，

犹如移动的天空，

自由而晴朗；

草绿色的蜻蜓，

犹如舞动的树叶，

自在而快乐。

上园

随笔（第五辑）

五颜六色的蜻蜓，

仿佛是夏天的精灵，

自由自在地快乐飞翔。

2021 年 6 月 25 日

北京，上园村

奥森公园

春天的奥森——

新奇而浪漫。

新芽吐绿，

春花绽放。

微凉的空气，

清新提神。

岸边的桃花成片，

仿佛粉白的云朵，

漂浮在碧绿的河畔。

嫩黄的迎春花，

仿佛一群飞舞的彩蝶。

漫步在蜿蜒的小路上，

四周的树木披着崭新的绿装，

枝头的小鸟鸣唱着欢快的曲调，

五颜六色的花朵眺望着空中的风筝，

有的犹如斑斓的热带鱼，

有的好似鲜红的蜻蜓，

有的宛若展翅的雨燕。

在湛蓝的背景下，

仿佛一幅水彩画。

夏日的奥森——

浓烈而奔放。

高大的树木，

枝叶茂盛，

深绿色的树叶，

浓密得可以遮挡住正午的骄阳。

玫瑰红的健走道，

在园内延伸，

仿佛一条大动脉，

输送着活力和能量；

又好似一条红毯，

让人们参观满园的风景。

在这条红毯上，

经常涌动着健走和跑步的人们，

此起彼伏的脚步声，

犹如波涛的轰鸣，

在树木间回荡。

深秋的奥森——

优雅而美丽。

火红如焰的枫叶，

也曾经像小麦般金黄，

仿佛在展示多彩的服饰，

在秋日如洗的蓝天下，

变幻着华丽的盛装。

红的、褐的、黄的、绿的、橙的，

五色的树叶，

犹如春天五彩的花朵。

铺满地面的银杏叶，

金光灿灿，

好似仙境一般。

雪中的奥森——

神秘而纯净。

清晨的薄雾，

经阳光的反射，

与地面的白雪融为一体，

雪雾中，

隐约出现披满雪花的树林，

仿佛走进童话世界。

天空逐渐明亮，

呈现出均匀的蓝色，

阳光洒在雪面上，

最后一缕雾气，

还萦绕在林间，

银装素裹的世界，

寂静而祥和。

白雪勾勒出地面的形态，

高低起伏的地势，

低矮的植物和石块，

都蒙着厚厚的雪绒，

高高低低，

仿佛用石膏做的模型，

梦幻却真实。

当太阳升起，

雾气散尽，

蜿蜒的小河凝固在林间，

挂满雪花的树枝，

装点出一片银色的树林，

仿佛精灵施展了魔法，

将这个世界，

一夜间速冻，

再撒上一层白雪，

让蓝天、银树、雪地、冰河，

成为奥森冬天的名片。

2021 年 6 月 25 日

北京，上园村

心中之景

心中之景，

与时间无关：

无论多么久远，

画面依然清晰，

群山巍峨，

溪水蜿蜒，

花开鸟鸣，

枝繁叶茂。

心中之景，

同地点无关：

无论多么遥远，

形象一直生动而鲜活，

音容笑貌，

犹在眼前，
言谈举止，
好似身边。

心中之景，
和情绪无关：
无论喜怒哀乐，
永远可以随时浮现，
犹如一幅优美的画卷，
在思维的空间展开，
令人赏心悦目；
宛若栩栩如生的场景，
在平行的时空发生，
让人陶醉其中。

心中之景，
与经历相关：
在过去的某个时刻，
一个触动心弦的画面，
长久保留在心中；

上园

随笔（第五辑）

一种激发灵感的体验，

永久铭记在心间；

一次升华心灵的感悟，

永远驻留在心田。

心中之景，

同愿望相连：

一个短暂的想法，

催生出一株小草；

一个期待的愿景，

诞生了一棵大树；

一个强烈的心愿，

创造出一片森林。

心中之景，

和梦想相伴：

一个深埋心底的憧憬，

幻化成高山大川，

变幻为宇宙奇观；

一个念念不忘的宏愿，

092

营造出雄伟的宫殿，

兴建成繁华的城镇；

一个永生难忘的思念，

生长为一座花园，

鲜花盛开，

五彩缤纷，

清香远播。

2021 年 11 月 24 日

北京，上园村

祝寿

一个蛋糕，

一盆鲜花，

一屋家人。

两位寿星，

两头银发，

两副笑容。

一桌水饺，

一架相机，

一副对联。

七碗寿面，

齐声祝福，

满堂欢乐。

九十严父，
鹤发童颜。

宽厚慈母，
八十有六。

快门闪动，
留影瞬间。

天造地设，
东海南山。

2021 年 11 月 28 日
北京，上园村

注：2021 年 11 月 27 日，星期六，父亲、母亲、姐姐、姐夫、外甥女以及佳音和我，中午在家中聚餐，祝贺父亲承仁义 90 寿辰，母亲赵德中 86 寿辰。书写祝寿对联，上联：天造地设；下联：东海南山；横批：寿。

行云流水

云——

高山之巅，

蓝天之伴。

云——

似马，

奔腾在群山峻岭。

云——

似浪，

拍打着险峰山峦。

水——

大地之上，

生命之源。

水——

高山之间，

汇合成溪，

汇聚成河。

水——

流淌在山川峡谷，

撞击着岩石峭壁，

鸣唱着哗啦歌声。

云——

犹如天上的波涛；

水——

好似地上的云霞。

万马奔腾，

如云如水；

滚滚向前，

似水似云。

2021 年 11 月 30 日

北京，上园村

晴宇长空

蔚蓝，

无边无界；

高远，

没有终点。

聚起云朵，

千变万化：

有时薄如纱巾，

有时形似棉花，

还有鱼鳞般的云阵，

也有浪花状的云海。

湛蓝，

更衬托出云朵的洁白：

上园

犹如一幅无限宽广的背景，
让天上的云尽情表演，
变幻出无穷无尽的图案。

夜晚的瓷蓝，
好似一个无限的舞台：
让繁星自由展示她们的风采，
组合出各种星座，
放射出迷人的星光。

万里无云的晴空，
令人感慨天宇的广阔；
繁星闪烁的夜空，
令人痴迷宇宙的奥妙。

2021 年 11 月 30 日

北京，上园村

永遇乐·雪道

南山偶遇，朋友相邀，初登雪道。新奇热闹，白雪长坡，茫然又心跳。纵身一跃，耳边风驰，怎奈中途跌倒。无数次，重心偏离，人仰板翻却笑。

再踏雪道，重心变换，屈膝俯身向前。冲过终点，缓速慢停，回望呈曲线。从此迷恋，长道雪坡，飞驰快如闪电。曾凌空，雪板平行，身轻若燕。

2022 年 1 月 10 日

北京，上园村

注：这首词是纪念作者在 2001—2015 年的冬季，在北京市的南山滑雪场、军都山滑雪场、怀北滑雪场和万龙八易滑雪场的滑雪经历。

塞北

大漠黄沙漫，
军旗舞似燃。
草原无边际，
骏马纵驰欢。

2022 年 1 月 12 日

北京，上园村

江南

秀水依山绕，
竹林款款摇。
轻舟江上过，
美景细观瞧。

2022 年 1 月 12 日
北京，上园村

风景画

油彩，

在画布上涂抹：

红的、蓝的、绿的，

一块一块，

一条一条，

一片一片，

像朝霞，

像河流，

像原野。

心情，

在想象的空间展开：

飞扬的，

奔腾的，

浓烈的，

如同风一样，

犹如水一般，

仿佛火一样。

水墨，

在宣纸上浸染：

有浓有淡，

有粗有细，

有实有虚，

丝丝点点，

条条片片，

似山似水，

若树若石。

思绪，

在黑白的世界延展：

徜徉的，

随意的，

自在的，

如同轻盈的步履，

犹如大海中畅游的鱼，

仿佛自由飞翔的蜻蜓。

2022 年 1 月 15 日

北京，上园村

场

无踪无迹，
无影无形。

充满能量，
遍布空间。

虽然看不见，
却能感觉到。

虽然无法触摸，
却能亲身体验。

也经常变幻，
总环绕身边。

也感应互动，
如魔法施展。

有极光乍现，
呈七彩斑斓。

有众星环绕，
成银河星系。

始终身临其中，
却非总有感受。

一直深受影响，
却非总能知晓。

2022 年 1 月 16 日

北京，上园村

注：有感于磁场、电场、引力场和电磁场的存在。

波

有峰有谷，

有密有疏。

在空间里振动，

在时空中传播。

犹如海浪，

仿佛狂风。

在旷野的空间，

传送着美妙的音乐。

在浩瀚的太空，

传递着迷人的光芒。

上园

随笔（第五辑）

有时，
如闲庭信步，
优雅而舒缓。

有时，
如疾风闪电，
迅捷而猛烈。

无形却有声，
无影却有彩。

与信息相连，
同引力相随，
和能量相伴。

2022 年 1 月 16 日

北京，上园村

注：有感于声波、光波、电磁波和引力波的存在。

π

无穷无尽，
永不循环。

无论何时，
永不改变。

在直和圆之间，
架起一座桥梁。

在有限与无限之间，
铸就一条通道。

让平凡的事物，
有无穷的可能。

上园

随笔（第五辑）

让有限的空间，
表达无限的存在。

将认知的大厦，
向更高境界延伸。

将思维的空间，
向无限领域拓展。

一个符号，
一个世界。

2022 年 1 月 17 日
北京，上园村

分形

起点，
简单。

规则，
简短。

无限重复，
循环相似。

终点，
复杂。

外观，
宏大而壮丽。

从云朵到海岸，
从树叶到山峦。

小到晶体分子，
大到宇宙山川。

简单，
重复。
孕育着，
复杂和美丽。

2022 年 1 月 17 日
北京，上园村

注：有感于自然界的分形现象。

洛伦茨吸引子

犹如两片椭圆形花瓣，
仿佛蝴蝶张开的双翅。

在空间展开，
让时间留痕。

一条运动不息的曲线，
一段永不重复的路径。

围绕两个奇点盘旋，
一会儿在左，
一会儿在右。

犹如蜜蜂归巢后的舞蹈，
沿着"∞"形曲线在空间环绕，

却永远不会相交。

曾经的足迹，
可能无限接近，
也可能相距遥远。

但所有历史痕迹，
都在一个特定区域，
并未远离。

仿佛有两个魔法球，
让飞翔的精灵，
永远围绕它们，
翩翩起舞。

2022 年 1 月 17 日

北京，上园村

注：有感于混沌理论中的洛伦茨吸引子在空间呈现的形态。

楷书

中直笔画堂堂运，

雄劲颜筋柳骨^①书。

信本^②正平含险峻，

子昂^③秀逸且圆熟。

2022 年 1 月 18 日

北京，上园村

注：

① 颜筋柳骨："颜"指颜真卿，因其书法筋肉丰满，

所以称为"颜筋"；"柳"指柳公权，其书法刚劲有力，

谓之"柳骨"。出自宋朝范仲淹《祭石学士文》：曼卿之笔，颜筋柳骨。

② 信本：欧阳询，字信本，唐朝著名书法家。

③ 子昂：赵孟頫，字子昂，宋末元初著名书法家。

行书

挥洒兰亭书健秀，
超凡众举圣羲之。
舒展丰润东坡字，
劲朴颜欧亦为师。

2022 年 1 月 18 日

北京，上园村

注：王羲之（"书圣"）、苏轼（号东坡居士）、颜真卿、
欧阳询皆为著名书法家，擅长行书。

隶书

端庄肃穆匀雅状，

乙瑛张迁礼器碑。

东汉曹全多秀逸，

史晨张景可追随。

2022 年 1 月 18 日

北京，上园村

注：乙瑛碑、张迁碑、礼器碑、曹全碑、史晨碑、张景碑，均为汉代著名隶书石碑。

草书

随心万变宋怀素，

率意超绝汉张芝。

桀骜张旭云缭绕，

流畅遒逸圣羲之。

2022 年 1 月 18 日

北京，上园村

注：东汉的张芝、唐代的张旭、宋朝的怀素、东晋的
王羲之都是著名的书法家，擅长草书。

小篆

铁线行圆畅，

秦文统六国。

端庄匀美健，

流转若龙蛇。

2022 年 1 月 19 日

北京，上园村

甲骨文

甲骨安阳现，

宏直刻劲言。

盘庚十二代，

华夏五千年。

2022 年 1 月 19 日

北京，上园村

猎户座

秋高气爽繁星闪，

猎户三星直线连。

梦想飞天寻壮阔，

畅游浩瀚赛神仙。

2022 年 1 月 20 日

北京，上园村

山景

颐和园的日出

在北京生活几十年了，对颐和园十分熟悉：那宛若玉龙般静卧水面的十七孔桥，犹如硕大镜面的昆明湖，还有绿树茂盛、宫殿耸立、临水而起的万寿山。这些景观，时常游览，虽是美景，见的次数多了，也就不觉得新奇了。然而，颐和园冬日清晨的日出，却难得一见，令人回味无穷、印象深刻。

元旦的北京早晨，天还没亮，呼出的哈气像雨雾一样，颐和园几乎没有游人。站在西堤的玉带桥最高处，仿佛站在驼峰的顶端，圆弧形的青石桥面向两侧流畅地伸展、快速下降，汉白玉的桥栏望柱上，隐约可见飞翔的仙鹤，视线平齐之处，是西堤的树梢所在，人犹如飞腾在半空中。东侧的昆明湖都结了冰，冰面上铺着如薄纱般的一层雪，远处的树只能望见轮廓，天是浅浅的灰蓝色。

最东端的树木间开始泛起一条温暖的金色带，仿佛是从火山口缓缓漫出的岩浆，暖色的面积逐渐扩大，天边像是着了火，树丛后涌动着金红的光焰，一团火球从树后跳出来，淡淡的晨雾，柔和了喷射的光焰，火红而不刺眼。东边的天空弥漫着橙红的色彩，光照在开阔的湖面上，薄雪漫射出一条金灿灿的宽阔光带，中间的三分之一部分十分明亮，像是一条从火山口流淌出的炽热熔岩，略带红艳的色调，两侧呈模糊的金色，光带从远处湖面一直延伸到玉带桥前，非常艳丽，让人感觉很温暖。

天光逐渐变亮，东方焰火般的地平线出现了蓝白的色彩，湖面的积雪不再是金黄一片，已经可以看见一层洁白的雪了。周围的树枝从阳光中吸收着能量，展现出硬朗挺拔的全貌。近岸的湖面上，一些植物的茎杆穿过冰面傲然屹立，像是在呼应岸边的高大树丛。

走下玉带桥，伫立西堤的树间远望初升的太阳，晨雾仍未散去，远方天际的轻雾里仿佛有一盏巨型的灯，散发出朦胧的金色光芒；又像是在盛了一层水的颜料盘里，滴了一滴柠檬黄与大红色的混合物，浓亮的橙色聚集在中间，四周扩展出浅黄和淡红的融合区域，模糊而广阔，弥漫在橙黄色亮斑的周围。远处沿着地平线的树丛，像是用毛笔书写的"一"字，亮白的湖面反射出一条金黄的光带，眼

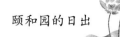

前岸边的湖面上散布着一片长短不一的茎杆，身边树的枝杈随意地在空中构成纷繁的图案。旭日的光辉驱走了冬天清晨的寒意，置身于林间湖畔，仿佛融入一幅山水画中。

2021 年 4 月 23 日
北京，上园村

水晶婚

　　今天是 2021 年 3 月 6 日，是佳音和我结婚十五周年的纪念日。十五年前的今天，我们喜结连理，开始了与之前完全不同的生活。早饭后，我突然感觉应该挑选九张不同时期的佳音与我的合影，发个微信朋友圈，以庆祝这个值得纪念的日子。

　　于是，我开始搜寻佳音和我在这十五年中有代表性的合照。第一张，当然应该是结婚照，这个结婚证上就有。第二张，也容易选择，就是婚假期间我们到云南旅游时所拍摄的照片。其间我们到丽江、云龙雪山、西双版纳等多地游览，所得照片千余张，选哪张最能代表这趟旅行呢？丽江古镇的繁花、玉龙雪山的奇丽和西双版纳的五彩缤纷都令我印象深刻，但要说最能反映我当时心情并一直铭记在脑海中的场景，非玉龙雪山上的一张合影莫属。那是一张站在一块写有"此地海拔：4680 米"的木牌旁拍下的照

片，虽然是五月下旬，但佳音和我都穿着厚厚的大红色羽
绒服。照片中，在一人高的位置立着一块中英文对照的木
板，中间的"4680"这几个数字（这组数字代表着我有生
以来到达的最高海拔），每个都有成年人的手掌般大小。我
们的身后布满皑皑积雪，中间裸露着灰色岩石的山体。这
里不是玉龙雪山的顶峰，只是游人可以抵达的最高观景台。

第三张，也不难选择。婚后我们第一次出国旅行，是
在2009年1月的春节期间，随旅游团到澳大利亚游览，目
睹大堡礁的壮丽美景。由于是第一次出国，所以当时充满
新奇感，又因为是从正处于冬季的北京到南半球正处于夏
季的地方观光，格外感觉有趣和兴奋。但是当时游览时，
因环保需要，绵延2000多公里、近3000个大小珊瑚岛礁，
仅对游人开放几个。在浮潜时，因为没有潜水设备和水下
摄影器材，透过泳镜看到的海中珊瑚和热带鱼并没有影片
中的那般艳丽，而是在灰蓝海水中的一些时而清晰、时而
模糊的轮廓。反倒是一张在澳大利亚首都堪培拉拍摄的照
片更引人注目：佳音和我背靠背坐在草地上，后面是一个
湖，灰蓝色的湖水和岸边绿草之间有一条圆弧形的分界线，
远处湖面上还架着一座长长的桥。桥面平直伸展，离水面
不是很高。从桥面上望去，还能隐约看见更远处起伏的山

恋。阳光明媚地照耀在我身穿的淡绿色 T 恤上，这让我的
T 恤显得比周围的草地还要明亮、鲜绿。佳音身着紫色 T
恤，和我一起扭头望向镜头方向，草地、湖水、长桥、岸
树和远山都显得十分安静、明亮。

　　大堡礁之行后，对水景意犹未尽，特别是对世界闻名
的和水相关的景观，忽然产生了浓厚的兴趣。2011 年 8 月，
为了一睹挪威的峡湾，佳音和我一同随旅行团踏上北欧四
国之旅。尽管瑞典的皇宫、丹麦的安徒生故居和芬兰小镇
都给我们留下了美好的回忆，然而在挪威峡湾乘船游览时
留下的合影是这次旅行最珍贵的纪念。因为是在游船上拍
摄的照片，空间有限，再加之背景中的浅灰色水道、两岸
的青灰色高山和灰蒙蒙的阴天，在色彩上实在是有些单
调，就连我穿着的外衣也是深灰色的。幸好佳音身穿一件
粉红色的运动衣，才在灰色基调的画面中显露出鲜艳的色
彩。更为突出的是，佳音的几缕头发被海风吹得飞舞起来，
其中一缕飞到我的头上，另一缕几乎遮住了我的眼睛。虽
然 8 月份是盛夏，但我们都穿着深秋的服装，足见海风的
强劲。

　　在国外去过的所有景点中，给我留下最深刻、最美丽
印象的，是瑞士。这个被誉为"世界公园"和有着"欧洲

屋脊"之称的国家，确实将美景上升到了罕见的高度。可以毫不夸张地说，每到一个景点，无论你对着哪个方向拍照，都是一张优美绝伦的风景图片。雪山、草地、湖泊、森林，经常处于同一个场景中，让人流连忘返。可惜只能选一张在瑞士拍摄的照片，千挑万选，选了一张标签式的合影：佳音和我身着冬装站在茫茫白雪中，背后一根高高的雪白粗壮旗杆顶端是一面瑞士国旗，红底白色十字，在旗帜的后面难得一见真容的少女峰的顶峰，从积雪中露出浅灰的岩石，映衬在蓝天下格外醒目。佳音的蓝色冲锋衣同蓝天一样湛蓝，我身穿的灰色外衣同背后巍峨的山峰是同一个色调。

我对 2013 年的瑞士之行十分满意。瑞士的国土面积不大，大约仅相当于三个北京市的占地面积，却是高山林立、美景汇集。而 2014 年佳音和我随旅游团的加拿大之旅，则是横贯加拿大全境，从东海岸到西海岸，长达 4 000 多公里，途经加拿大第一、二、三大城市，还有两个国家公园，以及著名的湖、岛和瀑布等旅游景点，是我们在国外旅行中游览路线最长的一次，历时 11 天，丰富多彩。除了往返北京和加拿大之间的航班外，在加拿大境内又乘坐了两次飞机，足见路程的遥远。旅途中拍摄的照片很多，但是佳音和我以温哥华的狮门大桥为背景拍摄的一张合影最令我满意：蓝天、青山在远方，中间一洼碧水被佳音和我的身影遮挡，绿色桥柱的斜拉桥清晰可见，我身着深蓝色 T 恤，青灰色牛仔裤，左手握着单反相机，右手搂着佳音；佳音身穿浅灰色长袖运动衫和粉色运动裤，运动衫胸前有一个手掌大小的玫瑰色的变形金刚的图标。我们都洋溢着灿烂的笑容，在阳光的照耀下，脸上仿佛熠熠生辉。

第一次到国外自由行，是在 2015 年 8 月，同亲戚和朋友一行七人到夏威夷游览。感受蓝天、白云、椰子树，阳光、沙滩、海浪，海风习习、日光灼灼、彩云朵朵，可谓是美不胜收、陶醉其中。我们七人分乘租来的两辆车自驾出行，没有了旅行团的各种限制，着实自在。虽然出发前做足了功课，对行程做了详细的规划，但是一切都以游览时的心情和感受为优先。时常看见一处美景，虽不在规划中，但只要时间允许，就逗留片刻。有时在途中，发现地图上标明的一个景点不曾到访，也会临时决定前往一睹真容。此次自由行中拍摄的照片多得都数不清，如果只挑选一张合影，有一张很快被我选中：佳音和我在一个海湾，背后是由浅蓝到深蓝的海水，远处是不太高的石头山，天空的蓝比海水的蓝更浅、更亮，我坐在一个石头堆砌的约

一米高的矮墙上，身着红色圆领 T 恤、淡蓝色牛仔短裤，脚穿凉鞋，戴着墨镜，佳音站在我的身旁，头戴宽边乳白色的大草帽，帽边正好在我的耳边，身穿一件印有深绿花瓣的无袖上衣、深蓝色牛仔短裤、沙滩鞋，右手搭在我的右肩上，左手扶着我的左肩，左手的手腕上戴着的装饰品都清晰可见。在我右侧的石墙后面，从画面外伸出几个长满绿叶的枝杈。整个场景中的蓝天和海水被石头山和石墙分开，人在海水和石墙的中间显得格外醒目，图片中的蓝、绿、红、白、褐等色彩丰富，仅有的几小块偏白色的区域反射着强烈的阳光，即使现在观看此景，都能回想起当时的亮度和温度。

　　不知从哪年开始，出门旅游就不再带着略显笨重的单反相机了，而是只用手机拍照。起初到国外旅游是隔一年一次，大多在 8 月份。一年在国内游览，一年到国外旅行，交替进行。从 2013 年开始，基本上每年都到国外旅游。2016年 8 月随旅行团到德国、瑞士和奥地利三国游览，也许是因为已经到过一些国家旅行，尤其像瑞士和夏威夷这样风景秀丽、花园般的地方，再到一些新的旅游地时，连拍照都没有以前积极了，特别是佳音和我的合影也越来越少了。尽管 2016 年是佳音和我第一次到德国和奥地利游览，但是合影几乎没有，只能找到一张与其他合影不大相同，表情比较自然的作为代表。这是以雪山和白云为背景的照片，佳音和我都身着深灰色的外衣，佳音脖子上的围巾也是浅灰底色上印着深灰色树叶图案。我们既没戴墨镜，也没戴帽子，除了画面中间的人物是一团深颜色之外，周围全是白茫茫的亮色。从微笑的表情上看，尽管有些冷，但是空气一定是很清爽的。我左手搂住佳音的左臂，佳音挡住了我左侧的身体，她乌黑的头发十分贴近我的左耳。

此时，我已经挑选了八张合影，还剩最后一张。其实，2017 年是我到目前为止，最为丰富多彩的一年。不仅与失联三十三年的初中同学重聚，还在 798 艺术区的桥艺术空间，为了纪念高中毕业三十周年，举办了为期一个月的主题为"回望·分享·期待"的个人书法作品展，出版了《上园随笔》（第三辑），完成了《交通仿真软件应用》初稿并交付出版社进入出版流程，还在当年 8 月和亲友一起到美国自驾游十天。十一假期，又同亲友到马来西亚的沙巴自由行数日。如果可以用一张照片来反映这一年的心情，那么选择佳音和我在马来西亚的合影最为合适：我们站在一个半人高的淡黄色矮墙前，墙上布满镂空的五角星、五边形、多边形等装饰图案，浅灰的墙檐像一道水平线横在我

们身后齐腰的位置，后面一片开阔的水面，平静的微小波纹泛着灰蓝色调，映衬着水面后精致、开阔、具有异国风格的清真寺，寺庙的白色尤其显得细腻。这个清真寺很长但不是很高，左面矗立着一个深绿色圆顶，一看就知道和宗教有关，中间高耸着三个白色立柱，有圆顶的两倍高，但比圆顶细很多，立柱将蓝天、白云和整个建筑相连。佳音和我在画面中的色彩最为艳丽：佳音身着深绿色 T 恤、橘黄色短裤，我的上衣是红色 T 恤，配着浅蓝色牛仔短裤，阳光很充足，我们都戴着墨镜。十月的马来西亚炎热却不潮湿，这是天气晴朗、略微有云的一天。虽然比不上北京的金秋时节，但在当地已经是难得的好天儿了。照片中的红、黄、绿、蓝、白、灰，都色彩鲜明，虽然都戴着墨镜，但表情中的轻松和惬意既能看得出来，也能回想起来。

　　终于选齐了九张合影，满怀兴奋和幸福感，将这几张照片按照顺序排列，并配文字说明今天是结婚十五周年纪念日，然后在微信朋友圈发表。完成了这一天最重要的一件事后，心情十分愉快。晚上临睡前，看到白天发的结婚纪念日照片收到超过一百个"赞"，这是我迄今为止，朋友圈的照片收到的点赞最多的一次。还有不少留言，其中的一条令我印象最深刻：结婚十五年是水晶婚，象征着两人相处十五年后，彼此心心相印、肝胆相照，像水晶般晶莹透彻。

2021 年 3 月 6 日

北京，上园村

十年

已经过去的十年，仿佛只是一眨眼的瞬间；未来的十年，仿佛一条漫长而看不到尽头的长路。时间给人留下的感觉如此迥异。一项业余爱好如果能持续十年以上，一定是伴随着发自内心的喜爱。对我而言，能达到这个标准的，屈指可数：足球和游泳是过去时了，乒乓球和书法是现在进行时。

足球从小学就开始踢了，虽然既没技术也没章法，但是每逢体育课，男生分成两个队踢足球对抗赛，大家总是非常兴奋和投入。放学后也常和小伙伴们在操场或者别的空地踢球，用块砖摆两个球门，自发分成两个队，也不需要裁判，大家就兴高采烈地追逐射门了。时常踢到天黑，直到连球都看不清了，才意犹未尽地回家。长大后，曾经梦到过类似的场景。初中三年，对足球的热情未减。下午放学后，经常约上几个同学，在学校操场上踢一阵子球再回家。记得我有生以来仅有的几次在大场踢球，对阵双方各 11 人正规足球比赛，都是在初中时期。当时我是班级足球队成员，踢后卫，与其他班级球队踢过几场比赛，给我留下的印象是：球场犹如一个大草原，经常会出现跑 800 米时上气不接下气的感觉。在高中和大学时，踢球的水平没有明显的进步，依然是班队的级别，但是热情更高了。尤其是在大学阶段，时常在下午 4:30 后没课时，到操场上和不认识的其他学院的学生一起踢球。一个球场被众多爱好踢足球的学生划分成几个甚至十几个小区域，放上两个书包当球门，每方四五个人或者七八个人不等，热闹非凡。读硕士的两年多时间里，也经常与足球为伴。奔跑在球场上，同伴虽不相识，却能通过传球传递信任，通过跑位赢得机会，在拦截对方传球时体会责任，在攻破对方球门时收获喜悦。

硕士毕业工作后，由于时间的缘故，很少踢足球了，业余时间的体育活动逐渐被游泳所替代。虽然从小学开始，每个暑假都到附近的露天游泳池游泳，但是进步很慢，一直没能彻底学会至少一种泳姿。直到工作后，才算学会了蛙泳，并获得深水合格证，从此开始一年四季不间断地游泳健身十余年。每周 1～2 次，每次游 800～1 500 米，最多一次连续游了 2 000 米。曾经骑自行车或坐公交车到游泳馆，后来买了车，就开车到游泳馆。先后到北京海淀区游泳馆、北京体育大学游泳馆和英东游泳馆游泳，还去过北京八中、北京一五九中、人大附中的游泳馆，最后去的一家游泳馆是在北京邮电大学里。博士毕业留校当教师后，还游过三四年。但自从发现交通运输学院的乒乓球室后，逐步开始每周三次打乒乓球，游泳也就随之终止了。

打乒乓球的持续时间最长，从小学到初中和高中，还有硕士毕业后在研究所期间，再加上当大学老师的这些年，已经有超过二十年的时间了，而且目前还在继续。使用正握球拍的打法就超过十年，改用横握球拍的打法也超过十年了。不仅能用右手打乒乓球，还能用左手打球，而且左手的水平曾一度超过右手，目前左右手都在持续打球和进步。乒乓球已经成为我生活中不可缺少的一部分，也是强体健身、广交球友的良好方式。

无论是踢足球、游泳，还是打乒乓球，都是体育运动，且从一开始就是因为我喜爱这些运动才参与其中并享受这个过程的。而书法则不同，并非体育项目，而是一项安静的文化活动。开始练习书法时，虽然也是在小学阶段，但是不是出于爱好，而是家长的要求。尽管断断续续在寒暑假里练习写毛笔字，但在 2010 年 10 月之前的几十年里，从来没有发自内心地对书法有过真切的喜好。书法对我而言犹如一个爱情故事：虽然从小结识，却并未相恋，直到几十年后的一天，一次不经意的邂逅，一个天意中的一瞥，被她的优雅与美丽所打动，才开始了持之以恒的追求。为了记录自己对书法的喜爱和不懈的努力，专门写了一篇三万字的文章《书法》，收录在《上园随笔》（第四辑）里。2010 年 10 月的一天，当时我在书店购买专业书籍，因随手翻看一本书法字帖而被其中字体的匀称、力量、舒展所震撼，毅然决定买字帖回家临习，自此之后坚持每天练字。通过观摩提高鉴赏力，以楷书为基础，以行书为拓展，在写春联的过程中磨炼书写技巧，通过送给亲朋好友书法作品来锤炼字体、增进友谊，在学习诗词和创作过程中提升文学修养，促进书法的学习和创作。2017 年夏季，为迎接高中毕业三十周年而在 798 艺术区举办了为期一个月的个人书法作品展。我一直坚持学习书法知识、临习碑帖、创作书法作品至今。从 2010 年 10 月算起，持续书法爱好超过十年，书法已成为我生活的组成部分，人际交往的渠道，增进朋友间情谊的纽带。学习书法的过程，还成为我做其他事情时，主要的方法借鉴来源和灵感源泉。自从开始系统化地学习书法以来，我看待世界、处理问题、与人交往的态度和方式都不知不觉地发生了改变，直到今天，十年之后，我才能真切地感觉到这种变化的巨大。

已经经历的十年，好似一本厚厚的书，写满了各种故事，可以漫漫翻看，体会其中的乐趣和道理；未来的十年，犹如展开的一张张白纸，等待撰写各种传奇，用愿望和行动完成每个字、每一行、每一页，直到成为一本沉甸甸的书。

2021 年 3 月 4 日

北京，上园村

快乐乒乓

　　乒乓球是中国人都非常熟悉的一项运动。从幼年开始，乒乓球一直伴随在我的左右。虽然我没有在任何体育机构专门训练过，但它已是我生活中不可缺少的一部分，给我带来了无穷的欢乐。

　　当我在小学一年级时，就拿着球拍和小伙伴们兴高采烈地在石头球台边打乒乓球。从此，乒乓球留给我的印象都是快乐和欢聚的场景：那飞跃在球案上空的银色小球，仿佛一个欢乐的音符，在空间里跳动，在脑海中回响。五年的小学生活，最跃跃欲试的时刻，不是站在起跑线上准备冲向终点的时候，而是在下课铃响起前的几秒钟，课桌下面的手里已经握紧了乒乓球拍，只等铃声响起，老师说一声"下课"，就立即冲向室外的球台，抢占一个位置，利用短暂的课间，享受一会乒乓球带来的乐趣。

　　三年的初中生涯里，中午在学校吃饭和休息，午饭过

后到下午上课之前还有一个多小时的时间，这是我们几个喜爱乒乓球的男生固定的打球时间。虽然只是水泥球台，中间放着几块砖头当球网，但是大家都不在意设施，玩得很高兴。记得那时球台有限，流行一种集体赛制，名为"存水"。就是谁先到的球台，谁就当"主将"，每个球台的两位"主将"通过赛前的"点将"来挑选余下的参赛者。"点将"时每次赛一个球，胜者先挑选人。选人的同时，给每人一定的球数，此数额就是被选者代表本方出赛的权限，输到这个球数就自动下台。如果在球数内将对方的主将赢了，这位被选者就成为新的"主将"，同本方"主将"开始进行下一轮的"存水"比赛。这项赛制十分有趣，既能调动高水平球手的积极性，也能吸引更多的同学参与。初中在校期间，我们几乎天天玩此游戏。

在高中的三年里，第一年住校，打乒乓球的时间就更多了。白天的课余时间打球已不受限制，就连晚上在自习教室里，还和一起住校的球友尝试各种乒乓球游戏。其中一种最令我着迷，是我和一位同班的室友兼球友共同"发明"的。在晚自习的间隙，我俩经常以竞赛的方式开展此娱乐活动：在教室里背靠墙站立，手持球拍往头顶后上方的墙面打球，需要半仰着脖子挥拍向上、向后方击球。我和他轮流，连续击球的次数多者为胜方。刚开始，我俩每人只能连续击打几次，最多十几次，两三个月后，就能达到几十次之多，半年后，已经可以超过百次了，再往后，就感觉同面向墙打球没什么差异了。

大学和读研期间，乒乓球不再是我的第一运动了，偶尔会打一两次。硕士毕业后，在一个研究所工作了三年，其间在工作的茶休和午饭后，和同事在楼道的乒乓球台打球。这时的球台已经是标准的木制球案了。这期间的最大变化，是我将使用了近二十年的直拍打法改成了横拍打法，也就是由正握变为横握了。我曾长期订阅《新体育》杂志，当时还参加了《新体育》的会员活动。有一次在杂志社活动室，与一位体育记者打乒乓球。我先用直拍打了一会儿，又改用横拍打了一阵子，虽然都输给了对方，但得到的评价是：我的横拍比直拍打得更好些。从此，更坚定了我继续使用横拍的决心和信心。之后，我就一直使用横拍打乒乓球，到现在大约二十六年了。

离开研究所，因多种原因，很长一段时间不再打乒乓球了，到我再拿起球拍来到乒乓球台边，竟然是七八年之后了，这时我已经博士毕业，留在大学当老师。十分幸运的是，交通运输学院有一个约一百二十平方米的乒乓球活

动室，有两个球台。我作为学院的老师，有着得天独厚的条件，可以重温乒乓球带给我的美好时光。

交通运输学院里爱好乒乓球的老师不少，有些老师利用中午的休息时间到乒乓球活动室打球，更多的则是在下午下班后来打球，最晚的有时到晚上十点多才离开。每人的打球时间都不一样，少则一个小时，多则三四个小时。我一般每周到乒乓球活动室打球三次，每次三个小时左右，这是一段球友们相聚的欢快运动时光，不仅能锻炼身体，还能提高球技，更能和其他老师欢聚一堂，气氛十分轻松、愉快。在交通运输学院乒乓球活动室打球的老师当中，不仅有本学院的，还经常有其他学院的老师来此交流球艺。其中经管学院的老师与我们交流得最为密切，有三四位经管学院的老师常来打球，水平都很高。时常还有校外的高手来切磋球技，以球会友，其乐融融。

交通运输学院乒乓球活动室的两个球台，人少时，打单打；人多时，就打双打。每场三局两胜制，一场结束后，一般不论输赢，双方都下场，让给其他人比赛。自发形成了一种"轮换制"方式进行乒乓球活动。这同经管学院的"擂台制"打法截然不同。大约有两年时间，我都在周末的下午到经管学院打球。在经管学院七层的电梯间有一个乒乓球台，经管学院的几位酷爱乒乓球的老师在周末的下午汇聚在此打球，由于只有一个球台，为了满足更多位老师的需要，这里采用的是"擂台制"方式，即：每场一局定胜负，每局11分，胜者继续，败者下场排队。如果任何一人将其他所有人都连续赢一次，俗称"赢一轮"，则从下一场开始，他每局降为8球，对方还是11球。如果他再"赢一轮"，则下一轮他降为每局7球，对方不变；之后，他每再多"赢一轮"，则每局减1球，对方仍为11球。这样，可以提高胜方连胜的难度，对连胜的高手也更具对抗性和挑战性。在经管学院打球，必须时刻专注、每球必争，对抗性强、挑战性高，更具实战意义。如果能胜出，则会更兴奋、更高兴，尤其是"赢一轮"后被降球数，既是一种挑战，也是一种荣誉。虽然"擂台制"打法竞争激烈，但是大家都很高兴，经管学院的老师还专门为打球建了一个微信群，取名为"快乐乒乓球队"。在经管学院打球期间，正值我在798艺术区举办个人书法作品展，对书法的热情十分高涨，特意书写了两幅书法作品赠送给经管学院的乒友老师。一幅是小篆字体的"快乐乒乓球队"，题款为"为北京交通大学经济管理学院题，祝快乐乒乓球队欢笑更多、朋友更多"。另一幅是草书字体的"快乐结乒友，欢声满上

园",题款为"祝快乐乒乓球队广结朋友、欢乐常在"。两幅字装裱后大约一米半长、半米宽,都悬挂在经管学院七层电梯间的一面墙上,每次打球时都有两幅字相伴。

2019 年,交通运输学院工会组织本学院的教职工进行了为期 8 个月的乒乓球联赛,共有 19 名男老师和 14 名女老师报名参赛。联赛采用双循环积分制。利用业余时间,参赛的老师在学院的乒乓球活动室自行安排比赛。同年的 12 月 28 日,由联赛积分前 8 名的男老师和前 4 名的女老师,在乒乓球活动室进行了年终总决赛,以杯赛方式决出男女单打的年终冠军。交通运输学院的院长和工会主席到场为荣获男女冠军和其他名次的老师们颁发了证书和奖品。2019 年 11 月至 12 月,交通运输学院赞助全校的教职工乒乓球赛,冠名为"2019 年'运输杯'北京交通大学教职工乒乓球比赛",设有男女单打和男女混合团体项目,共有一百余位来自全校各学院、后勤、机关、校医院和图书馆等单位的教职工参加了比赛,并取得圆满成功。

2020 年 4 月下旬,随着疫情得到有效控制,关闭了三个多月的运输学院乒乓球活动室重新有限度地开放。喜爱乒乓球的老师按照防疫的要求,又开始了乒乓球活动。因防疫需要,除校外人员无法来乒乓球活动室打球外,经管、土建、电信、理学院、机电等学院的老师，都曾到这里打球，这里再次响起了乒乓球悦耳的声音和人们的欢声笑语。

2021 年 2 月 26 日

北京，上园村

后记：2021 年"经管学院"杯北京交通大学教职工乒乓球混合团体赛，于 4 月 24 日在东校区体育馆举行，共有 14 支代表队参加比赛，包括 10 个学院及校机关、后勤、图书馆和校医院的代表队。交通运输学院混合团体代表队勇夺团体冠军，经管学院混合团体代表队荣获团体亚军。

左手和右手

左手和右手都是不可缺少的，这点毫无疑问。但是对于大多数人而言，平时以右手为主，在记忆中左手经常做的事情，往往非常少。对我来说，左手留下印象的只有三件事：吉他、吃豆游戏和乒乓球。

在高一时，开始学习古典吉他演奏。当时我跟着一个业余吉他班在周日的晚上学习了十个月的古典吉他独奏，之后将课堂上的内容以自学的方式消化了一年的时间，再往后就改学民谣吉他弹唱了。无论古典还是民谣，都是左手按弦，右手拨弦。吉他有六根琴弦，左手除了大拇指起支撑作用外，其余四根手指都要按弦。由于音域较宽，左手按弦的跨度有时很大，刚开始的时候弹得十分吃力，后来才逐渐习惯。弹吉他的时间不长，除了高中三年之外，就是硕士毕业后在研究所工作期间弹琴时间较多，总共加起来也就是六年左右的时光。

上园

随笔（第五辑）

读博士期间，经常在实验室里编写和调试计算机程序，有时候写代码累了，会玩一会儿电子游戏放松一下。实验室占据着一个楼层，是完全打通的，面积很大，我所在的区域用玻璃围出了一个相对独立的空间，可以容纳十几名硕士和博士研究生同时使用电脑编程。在其他同学玩一些复杂的电子游戏来消遣和放松时，我只玩一种十分简单的吃豆游戏。在迷宫式的方块环境里，一张不停开闭的大嘴，由游戏者控制，可以吃沿途的豆，每吃一个豆有加分。在迷宫深处有一个高价值的物品，每过一关，这个物品会有所变化，其价值会成倍增长。每个豆的分数很少，但只有将所有豆都吃完才能进入下一关。迷宫中有三个精灵，它们不停地追赶吃豆的大嘴，一旦追到就会损失一条命。游戏开始时有三条命，奖励的分数累计到一定的高分时，会奖励一条命。我用右手时，最多到第 18 关，高价值物品是一把银色的钥匙。有一天我突发奇想，打算试试用左手玩此游戏。左手同右手类似，只是左手食指控制向右的按键，无名指控制向左的按键，这两个手指与右手相反，而左手的中指同右手一样，都是同时控制向上和向下的两个按键。第一次用左手玩吃豆游戏，竟然接近右手的闯关记录，这令我十分惊喜。之后，我就时常进行左手和右手之间的竞

赛，先用左手玩一次，看看能到哪一关，然后，再用右手玩一次，看是否能超过左手，有时左手会胜过右手。

在博士毕业留校当老师后，开始每周大约三次在下午和同事到学院的乒乓球室打球。在北京雾霾最严重的那年，家里买了一台空气净化器，半人多高，近似小冰箱的大小，十分重。当时我用右手将它从包装箱里拎出来，同时用左手将纸箱拽下来。虽然只是持续了很短的时间，但是当右手放下净化器时，顿感小臂肌肉酸疼。到医院检查，医生说是肌肉拉伤，至少休息三个月，右手不能用力，当然不能打乒乓球了。我开始不太相信，想试着打球，结果连拍子都拿不住。在家洗脸时，拧毛巾都觉得右臂酸痛。只好让右手休息，连吃饭用筷子都改用左手了。打不了乒乓球实在令我无法忍受，不得不尝试用左手握拍，练习用左手执拍打乒乓球。经过一个月的试用，尽管未尝胜绩，但总算不影响运动了。左手的削球技术进步最快，两个月后已经接近右手三成的功力。正手的扣球也颇具威胁，三个月下来，已经可以偶尔赢一两个同事了。左手的反手技术提高最慢，在打球时，尤其是在做反手的动作的时候，我能够感觉到自己的右手也处于紧张的状态，也在同时用力，仿佛在帮助左手使劲一样。半年后，用左手打球，已经同一半的球友互有胜负。一年后，可以用左手赢过绝大多数一起打球的同事了。自从右手受伤改用左手打球后，一直使用左手打球约一年半的时间，其间从来没有用右手打过球。左手虽然是零基础，从来没拿过球拍，但是也没有任何坏习惯和错误的技术动作，一上来就是从正确和标准的动作学起，通过观看乒乓球教学光盘和球友们的指点与帮助，进步神速。当我在右手受伤 18 个月后，恢复用右手打乒乓球时，右手的肌肉拉伤已彻底康复，只是右手的乒乓球综合水平已明显低于左手了。

此后的一段时间，右手开始根据左手的正确技术动作进行改进，用了半年时间逐渐改正了几个根深蒂固的错误习惯，右手球技也发生了巨大的提升，不仅超过了同期左手的水平，而且超过了右臂受伤前的最佳状态。之后就一直以右手为主，偶尔用左手打一两局作为娱乐。直到 2019 年底，因疫情学校暂停各类室内体育活动近 4 个月。在 2020 年 4 月中旬，因疫情逐渐缓解，学校有限度地恢复了室内乒乓球的活动。一方面是因为长时间缺乏运动，另一方面是因为恢复运动后的运动强度过大，右臂在两三个月的高强度乒乓球对抗中，渐渐呈现出肌肉疲劳和疼痛的症状。为了减轻右臂的运动损伤，促进其康复，我又开始以左手

左手和右手

为主来打球，偶尔用右手打一会儿球，保持最低的运动状态。左手经过这五六年的低强度、低频率的运动后，技术水平显著下降，不仅明显低于右手的水平，而且已经退步到仅能赢一两个时常一起打球的同事了。于是，左手开始向右手学习最新掌握的技术动作。每经过几周，都会在左手的赢球名单中增加一两名新的球友的名字。几个月后，左右手的打法愈加接近，除了发球技术右手明显优于左手外，其他技术动作，包括削球、快攻和弧圈球，左右手都十分相似，都是按照同样的动作标准来训练的。左手当然也有打球累的时候，左手累了就用右手打一会儿。先用左手打，即使打累了，休息一两天就能恢复，隔一天还可以继续打球。

如果将左手和右手看作是两个人，他们的性格有着显著差异：左手就像一个充满朝气、喜爱挑战、期待胜利的年轻人；右手则更像是一位稳健、经验丰富、做事循序渐进的长者。生活中既需要稳扎稳打、一步一个脚印的作风，也需要面对艰险和迎接挑战时的勇气和魄力。

2021 年 3 月 3 日

北京，上园村